轰隆轰隆

她们叫他蚂蚁

［德］蒂塔·基普菲尔 著　［德］碧雅·达维斯 绘　李蕊 译

人民文学出版社 天天出版社

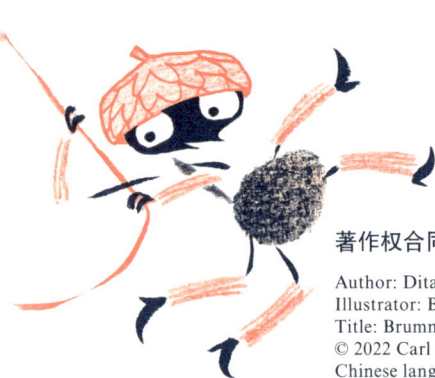

著作权合同登记：图字 01-2023-0347

Author: Dita Zipfel
Illustrator: Bea Davies
Title: Brummps. Sie nannten ihn Ameise
© 2022 Carl Hanser Verlag GmbH&Co.KG, München
Chinese language edition arranged through HERCULES Business &
Culture GmbH, Germany

图书在版编目（CIP）数据

轰隆轰隆：她们叫他蚂蚁 / (德) 蒂塔·基普菲尔著；(德) 碧雅·达维斯绘；李蕊译. -- 北京：天天出版社，2024.10. -- ISBN 978-7-5016-2376-1

Ⅰ.Ⅰ516.85

中国国家版本馆CIP数据核字第2024AJ4589号

责任编辑：卢　婧　　　　　　　　　　**美术编辑**：丁　妮
责任印制：康远超　张　璞

出版发行：天天出版社有限责任公司
地址：北京市东城区东中街42号　　　　　　**邮编**：100027
市场部：010-64169002

印刷：北京新华印刷有限公司　　　　**经销**：全国新华书店等
开本：880×1230　1/32　　　　　　　　　　　　**印张**：4.25
版次：2024年10月北京第1版　**印次**：2024年10月第1次印刷
字数：67千字

书号：978-7-5016-2376-1　　　　　　　　**定价**：35.00元

1

　　这是强尼，蚂蚁强尼。他就在那里面，只不过陷得很深很深，大半个身子和六条腿中的四条都在这坨黏糊糊、不那么新鲜的狐狸大便里。

那只狐狸当然早已不见了踪影，他只是很久以前翻山越岭来到这里，在这棵云杉树下放松了片刻。但问题不是狐狸。问题是：强尼自己从里面出不来。实际上，

他扭来扭去，反而在这堆臭烘烘的大便中越陷越深。幸好强尼有一个好朋友。一生得一知己足矣。我相信，如果我们等得够久的话，这位朋友一定会出现，把强尼从这个……呃，相当"屎"的局面中解救出来。以前总是这样的。

强尼是怎么进去的？他究竟为什么要把脑袋伸进这么大一个粪堆里呢？是这样的，强尼擅长很多事情，但他的嗅觉不怎么灵。反正如果你问其他蚂蚁，她们一定会这么告诉你。那天波西们（其实就是蚂蚁姐妹的意思，

因为她们本来就是姐妹——这一点我后面还会讲到）找
他帮忙，说她们发现了"超棒的建筑材料"，"真的特别
需要"强尼帮忙搬运。虽然波西们都很刻薄，但对强尼
来说，家人就是家人。如果家里有人需要帮忙，强尼一
定毫不犹豫地去做。

哦我我，他呀，
像他那么傻的可不多见！

老姐姐，是我聪明好不好？
关键是我想出了
"建筑材料"这个幌子。

哎哎，是我说的！
——是我的主意！

什么？是我！

等他出来，
得多臭啊！

那要看他能不能
出来了，姐姐！

我说什么来着——刻薄。

2

强尼，你的头盔到哪里去了？

"规则的第一条：不准不戴头盔！"

"但头盔能有什么……"

"还有，一辈子都绝对绝对绝对绝对不能相信波西们的话！这是第几条来着？"

"第十七条。我知道。可是……"

"反正就是绝对不要相信她们。你忘了？上次她们给你喝馊了的蚜虫汁，害得你唱了一夜的歌，吵得隔壁的黄翅蝶都想来揍你。黄翅蝶可是从来不动武的。"

"我知道，可是……"

"还有那次，她们把你派到森林的最深处，去给蚁后妈妈寻找一种特别的胶水，害得你根本找不到回家的路，你也忘了？"

4

"没有……"

"其实根本就没有什么特别的胶水，蚁后妈妈也完全不知道有这回事。"

"这我知道……"

"还有那次，她们趁你睡着了，把你的触角打了结，让你没法走直线。你也忘了？"

"我记得，可是……"

"不过强尼，你当时，确实很好笑，哈哈哈哈。"

"唔。"

"你当时是这样的：左晃晃，右晃晃，倒着走几步。砰！一头撞上树枝。咔嗒！差点掉进地洞。"

"我反应过来的时候总是太晚了。"

这真的是个问题，蚂蚁强尼。

　　对，你没看错。这个可怜的家伙是只蚂蚁，蚂蚁强
尼。你也看到了，他跟别人不一样。至少跟别的蚂蚁不
一样。如果你认为，啊，多好呀，这是自然的多样性。
是的，你说得对，但又不全对。或者说，至少你不太了
解蚂蚁世界。所有的蚂蚁都长得一样。不信的话，请你
坐在蚂蚁行进的队伍旁边指给我看，什么叫多样性。看
看蚁丘上的小爬虫，找一只蚂蚁出来观察一会儿。再靠
近一点，从上到下仔仔细细地打量一番。这是你的蚂

蚁，你完全可以给它取个名字。然后闭上眼睛一秒钟，只要一秒钟。现在睁开眼睛，指给我看，你的艾玛-苏菲、路易莎、薇蕾娜-施特凡妮在哪里。怎么样，还认得出来吗？嗯，没错。这就是蚂蚁的多样性。

如果你现在承认，好吧，蚂蚁中没有多样性，那强尼就不是蚂蚁。你又说对了。强尼的确不是蚂蚁。这一点你知道，我知道。只有强尼、他的朋友布茨、波西们和三号蚁丘上的所有蚂蚁不知道。情况就是这样。

3

　　那是一个春天，就像现在一样，早上还有点冷，但已经不像几周前那么暗沉沉了。树木像是从冬眠中慢慢苏醒了一样，在枝条上鼓出花蕾，吐出新鲜的松针和嫩叶。万物复苏，一天比一天热闹，一年一度的音乐会渐渐拉开帷幕。大自然中所有的动植物都会参加。啄木鸟和山雀，甲虫、蜜蜂和花朵。蠕虫、狐狸、老鼠、刺猬。当然也有蚂蚁，还有鹿和花草。音乐会在羞怯的三月开始，到了四月声势渐渐壮大，经过奔涌激荡的五月和六月，在七月到达最高潮，然后逐渐减弱，到十一月戛然而止。有的生物休息了，有的则进入深沉的睡眠，直到次年春天才会再次苏醒。

　　至于我嘛，我不睡觉。从来不睡。所以我也不曾在这些声音中醒来。但蚂蚁会醒来。那天真是神奇。就在太阳的第一道光线马上就要射入森林的时候，在这个黎明前的黑暗中，那个声音出现了。蚂蚁们习惯在日出时分起床，不会早一点，也不会晚一点。所以，那天虽然只比日出时分早了那么一丁点，三号蚁丘也惊得炸开了

锅，吵得蚁后妈妈都知道了——当然，她还不知道具体发生了什么事，她得去看看。于是她离开了王座，冒着生命危险出宫察看。

　　这个时候，我当然早就知道发生了什么事。但这也是我的问题：对所有的事情，我只能旁观。我无所不知，一点不夸张，真的无所不知，但我不能说："蚂蚁伙计们，一只早起的乌鸫鸟没衔住自己的早餐，她口中的屎壳郎宝宝掉在你们蚁丘的前面了！他正在阳光下闪耀着金黑色的光，需要你们的帮助！"

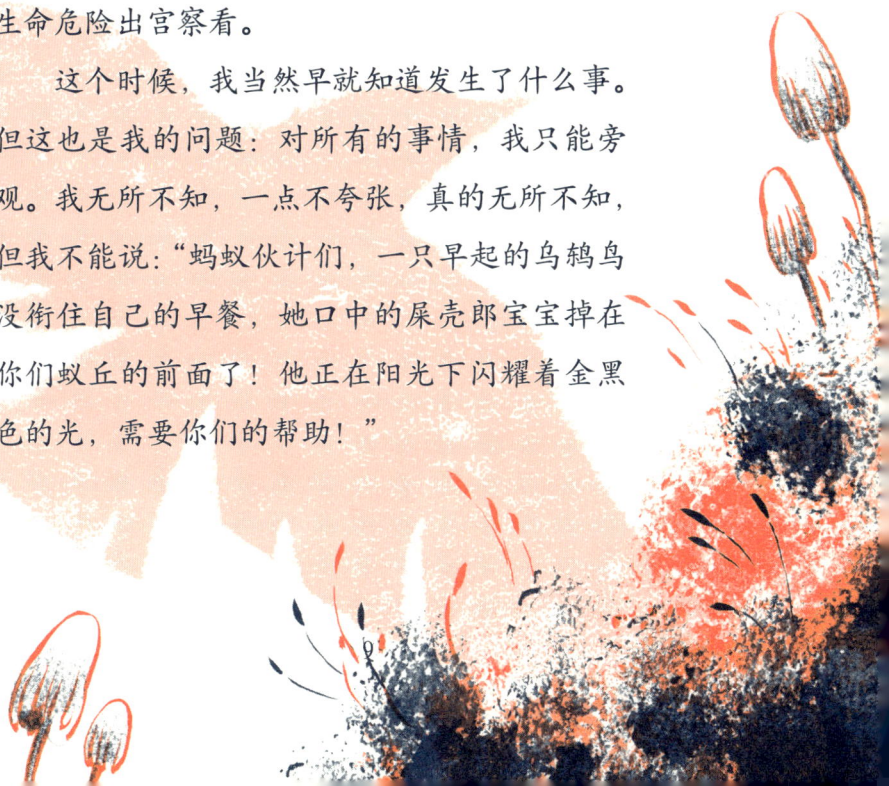

蚂蚁是这样一种动物：尽管她们会做很多事情，力气很大，而且数量非常非常多，尽管她们因为坚强和互助的精神有朝一日可能会统治世界，但有时候她们的理解力真的有问题。虽然当时强尼还很小，但明眼人一下就能看出来，他不是蚂蚁。即便他不是蚂蚁，蚁群还是收留他，帮助他，但蚁后妈妈看到受伤的甲虫宝宝时，脱口而出："他是我们的同类，他需要帮助！"

唉，要是她当时没有说这句话就好了。

哇一

说实话，蚁后妈妈自己一定也有疑虑。否则她为什么不给强尼取名为……比如布姆斯妹妹之类的，而是叫他：强尼。

这是女王们的通病，她们是不会犯错的，永远不会。就算她们错了，比如这次，那也绝不能承认，因为女王永远是正确的。试想一下，如果蚁后妈妈这时候听从了自己的感觉，可能会在第二天早上说："对不起，孩子们，我昨天说错了，那个宝宝不是蚂蚁，而是甲虫。我们可以帮助他，但要正确地处理。看看他需要什么，还要尽快找到他的家人。就这样。"如果她这样说，那一切都不同了。我现在给你讲的，也许就是一只得了心脏病的啄木鸟的故事，或者患有口臭的水仙花的故事，不会是强尼，这个全世界最大的蚂蚁的故事。

可惜，没有如果。蚁后妈妈的话，说了就是说了。随后，蚁群最权威的医生们带着担架来了。强尼被运到了蚁丘内部一个温度适宜的房间，整日以蚜虫汁为食。他长得奇快，只过了一个星期，块头就大得几乎无法通过蚁丘的通道了。到了第八天，强尼宝宝就只好永远离开蚁丘内部，被一整个军团的蚁兵从通道中推了出来。自此以后，无论日出日落，风霜雨雪，他都住在蚁丘外边。他唯一的愿望，就是成为蚁群的一员。

事情就是这样。所以，整个蚁群的蚂蚁，甚至强尼自己，都认为他是一只虚弱肥胖的蚂蚁。

4

"这样也有好处，因为胖蚂蚁不容易被拐走。"布茨说。她给强尼打气的时候总是这么说。就像现在，他们俩正在三号蚁丘前面的土沟里准备睡觉。

"嗯唔……"强尼表示很舒服。

"你知道，我为什么喜欢处理问题吗？"

"知道。如果……"

"如果处理得好的话，你就一战成名了。我还住在十二号蚁丘的时候，有一次下大雨，所有蚂蚁都很绝望，只有我说：'别急，一定有办法的！'然后所有蚂蚁都……"

强尼听过这个故事。反正我已经听过很多次了。我们尽可以在此处略过。强尼身边的这位女士，好吧，其实是他的姐妹。

蚁族就是这样，他们的名字即身份。大家都是姐妹。从卵中孵化出来的姐妹，永远的姐妹，喜欢按部就班的姐妹，拥有共同目标的姐妹。如果问那个目标是什么，她们一定会说：

扩张！
统治世界！

喂！别挡路，让我过去。

说到哪儿了？对了，布茨！本来她也该叫作姐妹，这个我可以解释给你听。

一天傍晚，强尼和布茨在一棵榉树上看夕阳("夕阳是太阳最美的样子！"这句至理名言布茨经常挂在嘴上。)，榉树下面，一个人类小家庭正在休息。强尼觉得有趣极了，布茨的眼神也一下子亮了起来：这个家庭在极短的时间内就驯服了他们脚下的一小片野生林地。只见两个大人从背上卸下大背包，从里面掏出一堆乱七八糟的杆子和布料，咔咔，组装一下，这些东西就变成了几张舒适的椅子。他们在林地上铺了一块彩色的布，在阳光穿透树叶的地方撑开了几把阳伞。一个人类巴掌大小的方块，展开后成了一张饭桌；剥开一张银光闪闪的魔术纸，里面就出现一只小兔子大小的三明治。没过多久，山毛榉树最低的树枝上就挂上了布袋子、湿漉漉的游泳裤和几双鞋，高一些的树枝上挂了一些发亮的小球，就像一个个小小的满月。那些人类幼崽在椅子上玩的时候，一个大人一会儿

15

站在地上，一会儿在口袋里翻找，嘴上说着："亲爱的布茨，你会不会……""亲爱的布茨，我够不到。""天哪，亲爱的布茨，那个东西到底在哪儿？""亲爱的心肝宝贝布茨，你带这个那个了吗？"而那个宝贝布茨什么都会，什么都能够到，知道什么东西在什么地方，这个那个也都带了。那个宝贝布茨掏出小刀、绳子、胶带、挂钩，还抬高了树枝，耙干净地上的榉树果实，把椅子腿插进土里。她裤子上有上百个口袋，每个口袋里都能掏出一个解决问题的工具。强尼的朋友崇拜地看着她。这沉静的做派，这优雅的风度，这绝对的执行力！真是令人大开眼界。

就在强尼和他的朋友必须要返回三号蚁丘的时候，那位"女魔术师"最后露了一手。她从那个最大的背包底部掏出一个棕绿色的口袋，从里面拉出一堆布。她一定是拥有超人的力量才能压制住这么大的家伙。只见她柔软的粉色双臂箍着那头牲畜，让它紧贴在自己身前。这位女超人气喘吁吁，与那只动物角力着！随后她休息了一下，身体向右一晃，将那只动物甩向左边。强尼不敢相信自己的眼睛，因为那只动物——好吧好吧，那当然不是真的动物，打个比方而已——那只动物竟然破茧

而出，像蝴蝶一样展开了翅膀。随着一声轻轻的声响，从前一无所有的地方，蓦地矗立着一座房子！一个完整的人类居所，有门，有屋顶，一应俱全。一座用布做的小房子，可以供布茨一家度过一个温暖安全的夜晚。

在回蚁丘的路上，强尼的朋友突然站住，说："强尼？"

强尼马上明白，她要说的一定是十分重要的事。真正重要的话是不能边走边讲的。

"嗯？"

"我们是什么时候开始建设三号蚁丘的？"

"哦哦，我们，呃，你和我现在，其实……"

"至少有一百个夏天了，对吧？"

"肯定有了。"

"要是我们也能有那样一个东西……"

"什么东西？"

"布茨。"布茨说，"你觉得听起来怎么样？"

"嗯……"强尼思索着，"听起来像……"

"布茨，听起来像……"

强尼正想给一位工作中的蚂蚁姐妹让路，一颗橡果突然砸在他背上。他的两条后腿抖了一下，很疼。但是没能及时让路更令他难过。他总是碍事，连橡果的飞行路线也被他挡住了。布茨，听起来好像橡果砸在背上的声音。

"茨——像划过草丛的声音，对吧？不，像龙纹蜂划过羊角芹的声音。无尽丝滑，但又像随时都做好了准备，听起来像总是知道该做什么，对即将到来的挑战没有丝毫畏惧。对不对，强尼？"

"嗯，对。差不多吧。"

"有备无患——布茨！思虑周全——布茨！尽在掌握——布茨！需要帮忙——找布茨！"

"嗯。"

这位从来只被唤作"姐妹"的好朋友深吸了一口气，说："强尼，这就是我！这就是我的名字。从今天起，我就叫布茨。"

布茨说得没错，那座蚁丘真的存在了很久。除了最古老的松树，没人知道蚁丘出现之前世界是什么样子。我并没有亲自站在松树上，有点自命不凡，是吧？我的记忆力可不是吹牛！

这座蚁丘是森林中最大的一座，蚁群为此深感自豪。蚁丘的最外层是一层厚厚的松针，但不是简单的松针和松针的叠加。蚂蚁姐妹们研发出了一项精巧的搭建松针的技术，实现了换气微循环，能让蚁丘的室内温度保持在舒适的25度。雨滴在松针层上会自然滚落，流线型的设计也能让风顺利滑过。

蚁丘内部有不同的功能区，最大的是睡眠舱。每只蚂蚁都有一个球形的铺位，加起来共有几亿个铺位吧。这是今天的数据，未来还会越来越多。再向里一些就是育婴站。蚂蚁宝宝们在这里孵化、生长，得到喂养和爱护。要我说，那些小姐妹非常可爱，模样跟成年蚂蚁很相似，只是更娇嫩，更闪亮，并且非常小。

说到模样，强尼无法将那些欺负他的蚂蚁和好蚂蚁区分开来，这不怪他。虽然他已经很努力了，但他就是无法识别。你看到的蚂蚁是这样的：

强尼看到的是这样的：

除了非常独特的嗅觉（不然他怎么会脸朝下掉进粪堆里去呢？），强尼的视力也很差。嗯，是真的真的很差。

5

你问，我是怎么知道这些的？

好吧，我给你讲讲。进来坐下，抓一把土，揪一片蕨叶，嗅闻一朵蘑菇，让潮虫滚过一块石头。我就是那块石头，也是那只潮虫。都是。我是那朵蘑菇，也是它伞盖下几千吨的腐殖质。我庞大而无形，沉默又喧闹，看不见，摸不着。但如果你闭上眼睛，一定能感觉到我。你完全可以把我想象成那棵最古老的树。那就是我。但我又不只是那棵树。我是所有的树叶，也是奔流在叶脉中的水。我是吹拂树叶的风，承托着它们的枝干。我是树枝、树干，也是树根，在地下触碰到别的树根。我是树皮下的甲虫，也是啄食甲虫的尖喙。我是整片树林。我在生长，也在死亡。我以自己为食，却日渐茂盛。没错，刚才强尼一头扎进的那个粪堆里面也有我最后的一部分。所以，如果你有疑问，就尽管问我吧。

6

让我们回到强尼的故事。可惜他没法问我，因为他只是他。他也不能问布茨，因为有些问题连最好的朋友也是不能问的。他只能在自己的头脑中掀起风暴。虽然我们也在场，但他并不知道这一点，所以不算。

他没琢磨明白，也许波西们不是那个意思？虽说他自己肯定不是最好的手艺人，甚至可能是最差劲的手艺人之一，但强尼还是觉得，那个他一头扎进的美味粪堆真的可以做建筑材料。毕竟黏糊糊的。也许波西们完全没想到他出不来，只是在想办法救他？

等一下，是的，你没看错。美味。在强尼脑中，那坨狐狸大便是很美味的。当然，如果我是他，我也会困惑，我到底是怎么了？

"强尼，你懂我的意思吗？"

"呃，当然。给每个问题一个机会，问题是，呃，通往幸福的跳板。"

"完全正确！"

强尼和布茨是最好的朋友，好到根本不需要认真听，都能知道刚才彼此说了什么。布茨满意地靠在洞口。强尼撑起屋顶，说：

对了，布茨，给我讲讲，你们上次开会说什么了。

不是吧？又让我给你讲！

说到开会，蚁群中有一个部门我还没提及。它位于蚁丘最核心的地方。普通蚂蚁无法进入，绝对是蚂蚁家族的心脏地带，那就是：蚁后妈妈的卧室，里面住着蚂蚁王国的女王，蚁群的主宰，所有姐妹的母亲。当然强尼除外，还有后来的布茨。据说，蚁后妈妈比所有的蚁丘年龄都大，但她从不跟别人谈论自己的年纪，除了在开大会的时候。

24

这样的大会每年召开一次。所有的姐妹都被呼唤到
三号蚁丘的中心，所有蚂蚁都会来。然后，亿万副六条
腿发出的嘈杂声戛然而止，大家都屏息静听一只蚂蚁讲

话。那只巨大的、长着翅膀的、发光的蚁后妈妈发出温暖、柔和的声音。

由于布茨东拉西扯地说个没完（依我看，她应该叫大嘴巴），强尼惆怅地看了她一眼。她便说："我都给你说过很多遍了，呃，好吧。我再讲一遍。因为从明天开始，我又得回我的铺位睡觉了。洞里那些家伙已经开始想我了。今天我再陪你一夜，因为你受了惊吓，不过从明天开始……"

说到铺位，你一定已经注意到了。并不是所有蚂蚁都有自己的铺位。强尼睡觉的地方是三号蚁丘门前的土沟。因为上一次强尼试图从入口进来，把三号蚁丘的一部分撞坏了。蚁兵修了好几天才修好（波西们今天想起这件事还觉得很抓狂）。所以为了安全，强尼就在蚁丘外面收拾出一个舒适的住所。但布茨来这里是出于义气。因为她是他的好朋友嘛。还因为，哦，对了，就像刚才说的，我们过一会儿再说。反正布茨在蚁丘里面有铺位，而且从明天开始，她就要回去睡觉了，但是这个"明天"，在照顾强尼的这个关键时刻肯定不是"明天"的意思，也不是后天。

在布茨讲蚁后妈妈的种种事迹的时候，强尼根本睡不着。他还没见过蚁后妈妈，说实话，他也不敢妄想什么时候能见到她。因为永远不能进入蚁丘内部的，不只太阳、雨和风，还有蚂蚁强尼。

7

在白日的清醒和夜晚的酣睡之间，便是强尼最喜欢的所在：哇府。哇府处处一派明媚温暖。在那里，强尼是强壮的，身材也不大不小正合适。啊，哇府！它就像脚下温暖的林地，像舌尖上的清露，里面的一切就像梦一般美好，而且还是真实的。反正他觉得是这样，总是这样。在哇府中，波西们向强尼招手，问他要不要一起喝一杯蚜虫汁，强尼说没时间，因为蚁后妈妈还等着他呢。她呼唤强尼的名字，那声音钻进强尼耳中，就像温暖的蜂蜜。没那么黏稠，但很甜蜜，直达头颅，进入脑中，经过双眼。这双眼，看什么都是金黄的蜜色，像是罩着一层落日的余晖。在哇府，强尼是被需要的。不是在别人忙更重要的事情的时候杵在那里挡风，而是真正被需要，没有他不行的那种。蚁后妈妈需要他。他是特别的，无可取代的，天选的蚂蚁。在哇府，强尼是蚁后妈妈的一双翅膀和三条右腿。

要我说，强尼的哇府还是有点夸张了。首先，据我所知，蚁后妈妈确实非常美丽，她也可能确实会发一点光，但她真的这样说话吗？哦，强尼，哦，强尼，长吁短叹。好像有点过分了。不过别急，还没完呢。

强尼，你真是太幽默了！我都笑出眼泪了！

谢谢你，强尼，你真的非常强壮，还很灵巧！

你刚才的话实在睿智极了，强尼。

哦，强尼，我的强尼宝宝……

如此这般，这般如此。幸好哇府中就强尼一个，否则谁也受不了这样的对话。

　　由于哇府是半梦半醒之间的桥梁，那里发生的事情大部分都令人幸福、暖融融的，还很有分量，因为这些事最有助于入睡。强尼在妈妈，不对，蚁后妈妈那里的时候，觉得自己就像是清澈小溪中缓缓升起的泡泡。这感觉很好，只是让他兴奋到睡不着。要想睡着，他还需要一平方米的苔藓在晒太阳的那种感觉，所以总有一个时刻，强尼必须离开蚁后妈妈了。在他的眼睛真正闭上，脑袋完全沉入土沟之前，他幻想自己睡在儿童房中，就是妈妈的姐妹们照顾后代的地方，那里的宝宝是姐妹们的迷你版，许许多多的新生儿睡在一起，熠熠生辉。

　　蚂蚁宝宝们小小的身躯和过大的脑袋直达强尼的内心。她们玩闹着，蹦跳着，蚜虫汁糊得满脸都是。她们听妈妈的姐妹讲故事，用种子的壳和沙粒堆出小型的蚁丘。强尼可以一直这样看下去，看她们打架，和着只有她们自己能听见的音乐唱歌跳舞。他得走了，睡意要将他带走，哇府马上就要消失了，但他还想留在那儿看，他对小家伙们挥手，一些蚂蚁宝宝也向他招手，强尼的心跳就更强烈了一些。

那么可爱，那么稚嫩。强尼想要保护她们免于波西的骚扰，免于风吹雨打，免于三号蚁丘之外发生的一切侵袭。

　　她在那儿！她是蚂蚁宝宝中最小的一个，也是最喜欢爬墙的一个。她不断地摔下来，又不断地爬上去。强尼很想上前帮忙，但他必须走了，真的得走了。当他迈出离开哇府的第一步时，那个小家伙又跌倒了，这一次非常严重，真的很严重，强尼是用眼角的余光看见的。见她摔倒在地，躺着不动，强尼屏住了呼吸。然后，小家伙开始号啕大哭，就像每年一次的蚁丘演习时拉响的尖厉警报。睡意汹涌地袭上来，强尼无法停留，无法安慰，无法给她吹吹伤口，好像他能感觉到小宝宝的疼痛一样。但其实他不能。就在他即将从蚂蚁宝宝的视线中消失的时候，小家伙抬起过大的脑袋，用一

双忧伤的眼睛盯着强尼，突然之间，天旋地转。不，不是天地，是他！是强尼在轰隆作响！他自己也不知道究竟发生了什么，只知道他在土沟里，但睡意没有了，哇府也没有了，强尼突然清醒至极！他的体内一阵轰轰隆隆，仿佛肚子里有一群蜜蜂！他的肚子被震得生疼，仿佛有一只青蛙为了抓住那嗡嗡作响的一团，不断地用尽全力跳起，冲撞他的胸部。是打嗝吗？不，他以前打过嗝，现在完全不是那么回事。要我说，现在这感觉就像咬到了一只电鳗，而且是一次又一次地咬上去。强尼稳住身子，用六条腿紧紧抓住土地，轻数蚜虫，二十七，二十八——渐渐地，蜂群平静下来了。青蛙不跳了，但还有点痒，仿佛他生吞了一只飞蛾，而那只飞蛾想回到光亮处去，不停地扇动翅膀扑腾。那阵轰隆声慢慢安静了下来，最后消失了。

8

消失了，就这样？

"是的，就这样。"

"真是奇怪。我在十二号蚁丘认识一只空调蚁。有一年夏天，她在太阳底下睡着了，醒来的时候，她走路都是颤颤巍巍的，两条触角垂到了地面。"

真的有这种空调蚁。不是在掌握了换气微循环技术的三号蚁丘，而是在别的蚁丘。如果太热了，空调蚁就打开蚁丘中类似窗户那样的东西，可以稍微通风散热；如果太冷了，这些空调蚁就躺在太阳下，在快被阳光烤熟之前回到洞穴，充当活体暖气。

真是奇怪的种族，但这与我们的故事并不相干。

强尼很生气："但现在是春天，我也没有躺在太阳底下，没有颤颤巍巍。我浑身轰鸣！"

"真是奇怪。可这不可能……"

"真的！就像肚子里有一群蜜蜂！"

"说真的，强尼，你虽然长得高大，但也……"

"只是一种比喻！"

"哦。我在十二号蚁丘认识一只蚂蚁，她跟熊蜂交上了朋友。是真事！"

"真的？"

"真的！而且，那只熊蜂由于食用花粉过量，竟一命呜呼了！这位姐妹就叫来了她的姐妹，合力把熊蜂抬走，然后把她架在火上烤了！"

"她把她的朋友吃了？"

"只吃了内脏。"

我说什么来着，奇怪的种族。说到这个，波西们正在去工作的路上。

"你们闻到什么了吗？"

"嗯，有一股……"

"呃，真臭！"

"一股什么味儿？"

"什么味儿这么难闻？"

"天哪，太恶心了……"

"真懒。"

"就是，没错，闻着又懒又胖。"

"可是，长官，胖是闻不出……"

"闭嘴，闻着就是胖！"

"没错，又胖又蠢！"

"你闻一下。"强尼轻声说着，向布茨伸出一条腿，"还有味儿吗？"

"当然没有了。"布茨也压低声音回答。

"嘿，伙计们。我只是想说声抱歉，昨天我摔到一堆脏东西里去了，不小心摔进去的。布茨把我从那堆脏东西里面拖出来了，然后我很快回家洗了澡。不过昨天你们可能也想……"

"我们可能也想去做什么，强尼？嗯？"

"呃，啊，回来？"

"就是，找人帮忙，然后……"

哈哈哈哈哈哈哈

"帮忙？我们？"

"哈哈哈，当然啦，我们想找人帮你呢。"

"无聊！"

"继续做你的梦吧！"

9

　　我是怎么了？你有没有问过自己这个问题？这种问题最好不要问。因为这类问题就像无情的秋风扫过刚长出来的橡果。这是一个可以将你打倒的问题。一个人如果无法理解自己，那他就再也无法理解世界，也不知道如何做事，如何说话，以及说什么话。这相当于在头脑中挖了许多陷阱，常被绊倒也就不奇怪了。通常人们发问，是因为想要知道什么，不提问就不会变聪明。但问这个问题并不是为了知道答案。所以把它清除出去吧。还有一切使它成长的东西，都清除出去。

　　你问我，你错过了什么？我们上一次看到强尼的时候，他看起来像块湿抹布，波西们还刻薄得要死，怎么现在突然举行聚会了？我跟你说，你没有错过任何事情。像往常一样，强尼和布茨来到工地的时候，工蚁姐妹想委婉地请走他俩，因为她们知道，这两位帮不上忙。强尼一如既往地没有看懂人家的表情，干劲十足地排在蚂蚁队伍中，把松针从低处向蚁丘的顶端搬运，布茨站在他身边给些建议。强尼努力跟上，但像往常一样，速度太慢，力气太小，总是碍事。当强尼手中的松针第三次滑落，刺伤了排在后面的工蚁姐妹的眼睛的时候，工蚁们的友善到了尽头。强尼被强行送走，淘汰出去。一般来讲，他的每一个工作日都是这样的结局，只不过被送走的时间或早或晚而已。强尼耷拉着触角走回土沟。布茨倒是陪在强尼身边，但她是强尼认识的唯一一只不喜欢工作的蚂蚁。反正她也帮不上什么大忙，直到——你自己看吧。

"这不挺好嘛。我们可以在森林里放松地溜达一圈！"

"嗯。"

"走，咱们到苔藓长得最肥美的地方去，带上两包干虱子，一边望着天空发呆，一边吃得津津有味。想想看，多么美好的生活！"

"嗯。"

"我跟你说，强尼，在别人工作的时候发生的事情才叫生活。没错，蚁丘必须扩建，我们必须扩张，所有的东西都必须变得更好，更高。但我说，这些让别人去做吧。你看看，她们是多么的不幸福。"

强尼看了看。

"而我们呢，超级幸福！"

"嗯。"

"嘴里嚼着虱子干，头上枕着软苔藓——快乐似神仙！"

"嗯。"

"我跟你说，强尼……"

"嗯？"

"要是其他蚂蚁得知了我的重大发明，整个蚁丘都会发生翻天覆地的变化的。等着瞧吧。"

强尼知道她要说什么，所以有些心不在焉。而且他并不觉得布茨发明的这个"躺椅2000"真的有那么伟大。每次试坐，他都感觉腹中翻江倒海，需要布茨帮忙才能重新站起来。

"……接着我就去迎娶蚁后……看，幼儿园郊游，快招手！"

强尼的心脏漏跳了一拍，如果他没听错的话，布茨刚才说……但他随后就看到了小姐妹们，她们实在太可爱了。昨天在哇府摔疼了的那个最小的小家伙也在，如果强尼在远处没有看错的话，小家伙朝他露出了微笑，他用一条腿，后来用两条，最后甚至用了三条腿向她招手。幼儿园的队伍停了下来，也向他招手。强尼做了一个小小的侧手翻，顺势把屁股抬到空中，从而短暂地打了一个手倒立。布茨在一旁惊呆了，孩子们全都欢呼起来。那场面太过美好，以至于后来强尼并不优雅地在地上打滚都变得不重要了。他的内心暖暖的，暖到他根本不想停下。所以，他继续说了些荒唐好笑的傻话，又冲向一截树桩，晃晃悠悠，手舞足蹈，躺下装死，猛地跳起，后背着地滚来滚去……

哎，你能不能……

好吧，这下布茨得扶强尼一把，帮他站起来。也许是这番纵情欢乐让他觉得心里更暖了，反正他一把抱住布茨，说："快，跳上来！"

"什么？"

"快来嘛，跳到我背上，我背着你，很好玩的。"

"什么？好玩？你到底是怎么了？强尼，我好像不认识你了。"

"你看，她们多高兴！"

确实，蚂蚁宝宝们觉得强尼很正常，很有意思。她们看他就像看电视节目一样有趣。平时，这些蚂蚁宝宝并不怎么出来，总在昏暗的蚁丘里玩也确实……

"我才不呢，太危险了，你太……"

我是不是忘了告诉你们，布茨是一只胆小的蚂蚁。爱说话，容易紧张，总戴着头盔。

"你去背她们吧。我太重了。"

"背小家伙们？"

"为什么不呢？"

为什么不呢？强尼也想不出答案，所以他快步走过去问了问，大家都想跟他玩。翻身骑甲虫。哦哦，强尼就是那个甲虫。我们就叫他，蚂蚁甲虫马吧。

这个游戏太棒了。强尼背着一个又一个小姐妹，绕着树桩跑了一圈又一圈。小家伙们开心得又叫又笑，强尼也笑了。我想，我还从没见他这么高兴过。这种感觉就像在哇府，他可以爬进蚁丘内部，不会磕着绊着，什么都能做好。就像在哇府，蚁后妈妈被他的笑话逗得哈哈大笑，现在甚至比那种感觉还要好。强尼完全被接纳

了，找到了一种归
属感。对于一个在出生后
第八天就被赶到蚁丘三号外面的
虫子来说，还有什么比这更美好的呢？

　　"强尼，原来你是个开心果！老朋友，我从
不知道你还有这样的一面！"布茨激动万分，孩子们很
激动，强尼也很激动。一切都十分顺利。一转眼，轮到
强尼最喜欢的蚂蚁宝宝了，就是强尼默默在心里给她取
名为"小面包"的那个最小的姐妹。强尼虽然已经很
累了，但他打算带着"小面包"好好兜一大圈。"小面
包"骑上了强尼那又圆又亮的背。强尼感觉自己十分有
力气，自信满满，做什么都能成。要我说，他几乎觉得
自己像个爸爸。我这么说，是因为我了解那种感觉。我
还知道爸爸、妈妈、女儿、儿子、家庭是什么。当然

了，强尼也知道什么是家庭，毕竟他生活在广阔森林中最大的家庭里。但他还是很难想象，什么是爸爸。这很正常，谁能想象出自己从没见过，也从没听说过的东西呢？这怎么可能呢？

当然，蚂蚁也有爸爸。但在小蚂蚁出生的时候，这些爸爸早就死了或走了。谁也不需要他们，谁也不想念他们。他们就像油罐车，每过一段时间来一次，给蚁族机器加满油，然后就报废了。他们的故事还没开始就已经结束，从未被想起就已经被忘记。没有他们，蚁族照样在蚁后的领导下，在姐妹们的照顾下生长、兴旺。所以强尼不知道爸爸是什么，也不知道做父亲是一种什么体验。一种来自内心深处的明亮、轰鸣的感觉充满了他的腹部，涌进他的脑袋，直冲向他触须的最顶端，并抵达了他的六条腿。

你有没有试过半夜醒来，短暂地发蒙，不知道自己是谁了？那种感觉坚硬冰冷，就像心里扎进了一根小冰柱。接着你想起来，爸爸妈妈就睡在隔壁，于是你走进他们的房间，爬上床，钻进他们温暖的被窝。里面的温度正合适，因为他们的身体在那里，一直都在那里，平静地呼吸着。这时候你发现，你心里的小冰柱早就融化了。你知道，这里非常安全，什么危险也没有。你闻到淡淡的妈妈身上的气味。你觉得很踏实，因为你们在一起。这种感觉，我称之为家的感觉。强尼背着小蚂蚁，和她们玩耍的时候，体会到的正是这种感觉。但他心里依然存在着一个坚硬的核，那个不肯融化的冰柱，从里面刺痛他身体两侧，让他觉得肚子冰冷。

就在这个冰冷的肚子里，什么东西开始搅动。当强尼意识到那是什么的时候，已经太晚了。他身体内部的蜂群又开始狂怒起来。

11

天已经黑了。强尼蜷缩着躺在他睡觉的土沟里。他将自己变成了一座碉堡，把脆弱的地方都藏了起来。好吧，其实也不多，他的六条腿，他的触须，超级短的脖子，还有眼睛，就这些。他躺在那里，就像一块亮亮的黑石头。只是当你仔细看的时候，能看出这块石头在呼吸。布茨围着他爬了一圈又一圈，地上都出现浅浅的沟壑了。

"在我看来，你好像是被绊倒了。对，林地上面确实有一个洞，对吧？那些地马蜂，真让人受不了！"

强尼没有回答。

"然后呢，必须说，小家伙们也可以抓得更紧些。什么可以，是必须！谁骑在世界上最大的蚂蚁身上的时候不采取安全措施啊？我总是说：时刻做好准备！危险就在前方一步之遥。尤其要小心乐极生悲。可谁问过我的想法呢。"

强尼反正是没问过。

"为什么她没戴安全帽？好吧，就算戴了也救不了她那条腿，但是……"

石头动了。

"你说救不了那条腿，是什么意思？"

"呃，没什么。什么意思也没有。我是说，她要是戴上头盔就好了。"

"她的腿怎么了，布茨？"

强尼背上的壳出现了缝隙，他一定要知道答案。布茨停止了爬行，屏住呼吸，一言不发。过了一会儿，她说："强尼，医生姐妹不得不把她的一条腿截掉。已经救不回来了。如果我们早点坐上急救飞机，或许还能挽回……"

强尼的腿往边上一撇，再也支撑不住了。布茨赶忙凑上前，将一号前腿搭在强尼上半身，脑袋挨着强尼的脑袋，身体靠在强尼那蜷缩成碉堡的身体上。

　　"不是你的错。是因为那巨大的轰鸣，不是你。"

　　"……"

　　"你说什么？你躲在壳里我什么都听不清。"

　　强尼稍微抬了抬脑袋。

　　"我没法阻止轰鸣。"

　　"我知道。"

　　"轰鸣太强烈了，我试过让它停下，但没用。"

　　"它把你摇晃得不轻啊。"

　　"我毁掉了她的一生。"

　　"乱讲！她还有五条腿呢。再说，不用在洞里工作，简直不要太幸运啊！这个借口可以用一辈子，太棒了！"

　　强尼又变回了石头。

　　"说不定我也可以试试。"

布茨滚到一边，想把
自己左侧中间的那
条腿拔下来。

12

　　强尼睡不着觉。他想进入哇府，那个一切都对位的地方，但他一闭上眼睛，就听到"小面包"的惊叫，听见她的恐惧和他自己身体发出的震耳欲聋的轰鸣声。那些画面在眼前浮现，森林的浅绿色和蚂蚁宝宝们身上的黑色混在一起，无数条腿围着他走来走去。他甚至还能感觉到许多只脚在他背上踩过，痒痒的，那些脚底传来的温度遍布他的全身。他还记得体验到"家的感觉"的那个瞬间，他当时正想沉浸在这个绝妙的感觉里，却突然发现自己的壳开始震动。他赶忙在心中默念：蚜虫汁，蚜虫汁，蚜虫汁，试图转移注意力。其实他一点也不喜欢蚜虫汁，这件事他从没对任何人讲过。至于为什么不说，这也不是秘密，对吧？因为所有的蚂蚁姐妹无一例外地爱喝蚜虫汁，所以他大概也喜欢吧。大家都爱蚜虫汁，所以强尼也爱蚜虫汁。为了跟大家一样，他只需要稍微做出一些努力。

13

假如你在一个打呼噜的人身边睡着了，当你突然醒来的时候，发现那个在你入睡前打呼噜的人仍然在打呼噜，你就不知道自己刚才到底睡没睡着。但此时的天色开始亮了起来，强尼爬出了土沟，爬上了三号蚁丘前面的草地。露水浸凉了他的脚，露珠从草尖滴落在他的壳上，发出清脆的声响。大地的香气清凉湿润，强尼大口呼吸着，让长长的草茎划过自己的背。蚁丘还在沉睡，强尼并不习惯这份寂静，他还从没第一个醒来过（除了他从天而降到三号蚁丘的那个早上）。他仔细听了听自己身体内部——什么也没有。没有轰鸣，没有蜜蜂。他用

前腿接下一颗露珠，喝了一口，用剩下的露水洗了洗脸。

"问题。跳板。幸福。"他想着，"问题我已经有了，剩下两个还没有。"

他在想那只五条腿的小蚂蚁，以及医生姐妹是如何将她的第六条腿截掉的。他知道，假如医生姐妹说这条腿得截掉，那就必须截掉。在这些问题上，医生姐妹是绝对的专家。假如他的腿出了什么问题，或者触须、脑袋、身体的任何部位，对了，还有背部，他一定会马上去找她。对呀！医生姐妹就是他通向幸福的跳板，她一定能治好他体内的轰鸣。

14

"要不咱们就把它发展成一门生意！背孩子游乐项目。我看，在森林里背一段也行，你说呢？就一小段。反正荒野我们是不去的。"

荒野。山岗后面尽是荒野。那里不适合布茨，太荒了。

"这下就没人再敢说我们不干活了！"

"那我背孩子的时候，你打算干什么？"

"我嘛，我就站在中间，防止意外。这还用说嘛，总得有人保证安全。"

"到目前为止你保护得不错。"

这句话强尼说得很小声，好让布茨自己选择听没听见。布茨选择没听见。

"女士们，先生们！请大家靠近一点，看仔细！这位是世界上最大的蚂蚁——对呀，强尼，咱们怎么没早点想到呢？你就是世界上最大的蚂蚁呀！太有吸引力了！"

强尼依然觉得自己是个长着六条腿的大麻烦，但布

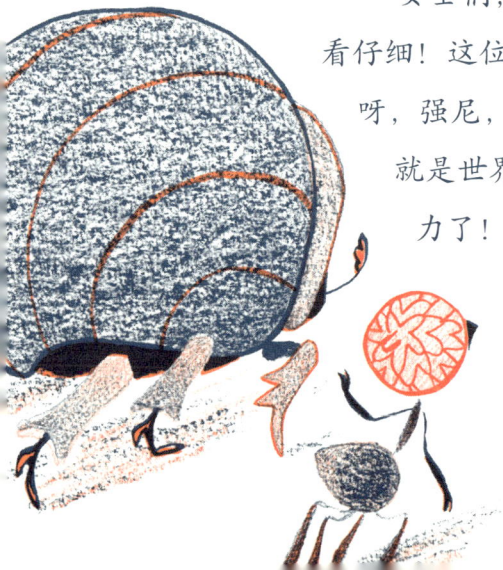

茨早已走上通向幸福的三米板了。强尼固执地向蚁丘的方向爬去。

"哎，胆小鬼！"

"别听他们的，强尼，你不是胆小鬼。你是下一个大……"

"我说的是你，你这个没用的烂果子！至于他嘛……"

"害人精。"

"没错，害人精。我们的工地上可不需要伤害孩子的害人精。"

"没时间了，波西女士，我和我的朋友……"

"你们听见了吗？他叫我波西女士！真是，真是……"

"糨糊脑子。"

"没错，糨糊脑子！"

波西们笑得前仰后合。强尼和布茨想从她们身边过去。

"我的朋友……"

"我的朋友，我的朋友！"一只小波西阴阳怪气地重复着布茨的话。

"你得跟着我们干活。这是上面的命令，明白吗？"波西长官说着，狠狠地看了布茨一眼，刺得她直头疼。

"我很想帮忙，但我必须带我的朋友去找医生姐妹看病。他的病很严重。"

"是吗？我的病也严重着呢！"

"哦？真的吗？您有什么病，波西女士？"

"呃，我，呃……"

最刻薄的那位波西伸着脖子，对波西长官小声嘟哝了一阵。

波西长官得到了提示，马上说："你！对了！你就是我的病！你这个偷奸耍滑的废蚁。"她继而对其他波西说，"你们记住了吗？废蚁，废物的废，废品的废。刚想出来的。"她点了点自己的脑袋，表示她的好主意都是从那儿来的。波西们都围在一起傻笑。

"是啊，哈哈。不过我们真的得走了。走吧，强尼。"

布茨一边打着哈哈，一边
拽着强尼，设法从波西中
通过。

"没门儿！"波西长官的前
腿砰的一声踏在布茨鼻子前的空
地上。好吧，说"砰的一声"可能
有点夸张，蚂蚁的鼻子也不是真正的
鼻子，但讲故事的是我，我就喜欢这样讲。

"那个肥佬做什么我不管，但是你，小头盔，你得
跟我们去干活。立刻！马上！"

一直隐忍不发、希望事情能很快过去的强尼终于开
口了："没关系的，布茨。我自己去吧，别担心。"

"嗯。"布茨严肃地看了看工地的方向，再次转身对
强尼说，"你知道路吗？先绕过蚁丘，到后面大声叫医
生姐妹！穿罩衫的就是她。"说完，布茨就跟波西们走
了，强尼也朝另一个方向出发了。假如强尼能再转个
身，或者布茨不是那样倔强地盯着脚下的土地的话，他
们也许能看见，那只讨厌的小波西又对波西长官悄悄地
说了些什么。

15

别这样看着我，我也很想提醒他们，但终归是没用的。没人能听到我在说什么。

所以事情就变成了这样：波西长官根本不用伪装。没有人会把他错认成医生姐妹，除了强尼。强尼天生视力微弱，再加上对一切都无条件信任，所以谁都可以糊弄强尼。当他看到套着罩衫的医生姐妹向自己跑来的时候，他一点都没有感到奇怪。医生姐妹其实极少离开蚁丘内部的实验室。

"哦，强尼，你好呀。你在找我吗？我是医生姐妹，能解答所有问题。你有问题吗？"

"哦，是您！我正好要找您，真是太巧了！您刚才跑步了吗？"

"跑步？"

"因为您好像有些上气不接下气。"

"我不是上气不接下气，我，呃，我就是这样呼吸的。"

"真的？"

"是呀，这样更健康。你找我有什么事，强尼？"

"医生，我有非常严重的病。"

"太好了！"

"什么？这有什么好？"

"你来了，太好了。你那非常严重的病是什么？跟我说说，我好好给你看看。"

"好的。嗯，是这样。"

"怎样？"

"我有些不舒服，因为……"

"因为什么？快说！我没那么多时间。"

其实这个时候强尼应该已经有所察觉了。真正的医生姐妹是世界上最有耐心、最体谅人的蚂蚁。而且她总会在问诊前给病人端上一杯松针茶。

"我的意思是，我喜欢你的问题。喜欢给你治病。你的病就是我的病。所以你到底有什么病？"

"让我把话说完！"

强尼像医生，哦不，波西长官一样，不敢相信自己

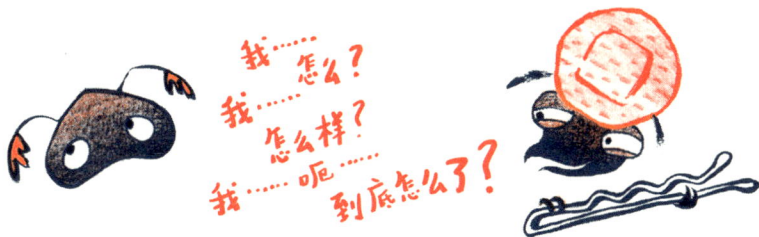

我……怎么？
我……怎么样？
我……呃……到底怎么了？

说出了这样一句话。

"对不起，医生，我有一点缺……"

"……缺脑？"

"啊？哦，不，对不起。我有些缺觉，还有……"

"还有什么，快说你有什么病。"

"我轰鸣。"

"你轰鸣？"

"是的，在我的身体内部。有时候我的内脏会轰鸣，根本无法控制。非常强烈，强烈到我睡不着觉……还会因此发生很糟糕的事情。"

"啊哈。啊哈，啊哈，啊哈。你轰鸣。"

"是的。"

"蚂蚁是不会轰鸣的。"

"不会。"

"有时候会特别强烈吗？"

"是的，特别强烈。"

"啊哈。强烈到，你刚才说，睡不着觉？"

"是的。我刚才说了……"

"我就知道！你得了轰鸣症！"

"哦，不。真的吗？"

"绝对是！"

"那……什么是轰鸣症？"

"就是一种非常危险的病。"

强尼的面色有些苍白。

"一种细菌病毒性感染！你不懂，但是，天哪，这病——它会传染！"

"哦，不，你的意思是说，我会威胁到整个蚁丘？"

"说的正是哪！而且这病——无药可救！"

"什么药都救不了？"

"救不了！"

"那，这病什么时候能好？"

"我说什么时候好就什么时候好。"

"你能决定我的健康？"

"当然，只要你待在你的土沟里别出来就行。"

"独自待着？"

"没错，对谁都不能说。"

"为什么不能说？"

"嗯，因为……"

"当然！不然会爆发恐慌的！"

"恐慌。对，就是恐慌。你现在快走吧。待在土沟里，我让你出来才能出来。明白吗？不然还会发生更可怕的事情。懂吗？"

波西长官贴近强尼，用令强尼头痛的眼神盯着他，但即便是这样，强尼还是没有认出她来。波西长官转过身去，脱掉罩衫，爬走了，强尼还在她身后看了一小会儿。由于惊恐和难过，他的壳已经变成了灰色。

16

　　强尼老远就看见布茨在土沟附近徘徊。她在等他，这让强尼的心短暂地亮起了一簇小火苗，但一想到不可以跟她说任何关于轰鸣症的事，那小小的快乐又立刻熄灭了。布茨与疾病之间有一种很不健康的关系。甚至真正有病的还没开口，她就已经开始出现症状了。换而言之，如果告诉她，她会是第一个抓狂的。

我得了轰鸣症！

　　强尼在远处一不留神喊了出来。

　　"你得了什么？先过来再说！"

　　"我不能过去。你得离开这儿，你搬走吧，回你的铺位去睡。"

"得了，强尼。快告诉我医生怎么说的。"

于是布茨向强尼爬去。这是当然的，如果一个朋友不过来，另一个朋友就得过去。

"不要过来。我很危险！"

"胡扯，你不危险，你是强尼啊。咱们好好谈谈……"

强尼用最快速度爬走了，不过，他的最快速度也没有多快。

"无药……呃，无药可救。我这个病很危险，不知道什么时候才会好。我不能传染给你，快走开！"

"强尼，你冷静点。来，到土沟里躺下，我给你包上苔藓绷带，一切都会好的。"

"不要苔藓绷带！你不要碰……啊！"

布茨一把抱住强尼，力气大到差点折断了强尼的腿。但强尼居然用一记近乎优雅的金蝉脱壳，又从她怀里出来了。

"强尼，我仔细想了想，我们真的可以做一门生意。你看，你的身材这么高大，如果你的整个身体还可以震动，我们一定可以利用这一点做些什么。"

"我不想做生意。我也不想得轰鸣症。我想自己待着，你快走吧，好吗？我对整个家族都是一个巨大的危险。"

"我倒要看看，你究竟怎么个危险法。反正不管发生什么，我都留在你身边。我发誓。"

"不行！"

强尼站在原地，转过身，背对着布茨重重地呼吸了几下，终于说："你想留在我身边，因为除了我，你没有别的朋友。你根本不敢回蚁丘去！你还说要跟女王结婚，那你倒是去找你的女王啊。你大可以乘着你的'躺椅2000'去，就把你的新铺位搭在她的床边，我就安静待在我的土沟里。反正这里也挤不下我们俩。"

强尼怎么会说这样伤人的话呢？你曾经有没有受到病痛的折磨，难过又害怕，不知道接下来会发生什么？在这种情况下，有时候人们就会说一些言不由衷的话。布茨看着强尼，强尼看着布茨。过了一秒，两秒，三秒。然后，布茨说："喊！"

说完，她转身就走了，屁股翘得高高的，向蚁丘方向爬去。

17

　　天黑了。很冷。比平时冷。

　　"幻觉，都是幻觉。"强尼对自己说，"只是差了区区一具蚂蚁的身体而已。她在我身边，还是在蚁丘里打呼噜，差别都不大。今夜并不比平时更冷。"

　　诚然，一个人可以说服自己相信很多事，但不是所有的事。如果你跟最好的朋友吵架了，那……嗐。

　　反正强尼是再也睡不着了。

　　他在心里数着：孵出一只小蚜虫。孵出两只小蚜虫。孵出三只小蚜虫。

　　强尼就这么一直数着，我还是略过不讲吧。我给你

　　讲讲森林的夜晚。很少有人知道森林的夜晚有多么特别，因为大家都睡着了。就算有谁醒着，比如，此刻的强尼，那他或她也在努力地入睡，根本看不见月光如何

把一切都染成了银色，看不见天空中布满了数不清的星星，有的星星像是在冲着大地眨眼睛。

孵出一百一十七只小蚜虫，一百一十八，强尼放弃了。试试调息大法吧，吸气四次，吐气六次。他听起来像一个又小又破的风箱。换作是我，伴着这样的声音，我也无法入睡。这只是假设。因为，说实话，我从不睡觉。

你听过夜莺的歌声吗？反正夜里唱歌的就是夜莺，而且唱得非常好听。其实不用那么好听，因为她根本没有对手，除了夜莺之外，没有别的鸟在夜里唱歌。我甚至觉得，在这片银色的，万物……好吧，几乎万物都在恬睡的森林中，任何一种鸟的声音都充满了魔力。但我还是觉得夜莺的歌声是最好的。

"安静！"那只夜莺生气了。

强尼屏住了呼吸，"不好意思。"他悄声说。

只剩下向反回忆法了。因为人们是从后往前回忆白天的，强尼首先想到的是布茨高高撅起的屁股，然后是她无声地瞪着他，然后强尼说……说了什么来着？这里没有布茨的地方，她是因为胆怯才睡在这儿的。他讲到蚁后妈妈的时候，她为什么那么生气呢？当然，强尼和蚁后之间的事都不是真的。只是发生在哇府而已。尽管如此，强尼还是觉得布茨问也没问，就夺走了对他来说很重要的东西。现在他很惭愧，愿意把自己有的一切都给布茨。除了轰鸣症。

轰鸣症。想起来了。强尼想，我对整个蚁丘都是一个危险。他想象着，自己在清晨离开土沟，想去喝一口露水，遇上了一只早起的蚂蚁，并向她招了招手。早起的蚂蚁回到蚁丘不久，就出现了轰鸣症状。于是，十个、二十个姐妹围了上来，想帮助她，却都被传染了。三天后，整个蚁族都感染了轰鸣症，蚁丘在巨大的轰鸣声中坍塌了，而且无药可救。都怪强尼。

显然，强尼必须离开。

但去哪儿呢？蚁丘的后面便是荒野张开的大嘴，吞噬着靠近的一切。而且，强尼还从没单独行动过。没有姐妹的生活，他从没设想过。毕竟他是属于这儿的。

当你不知所措的时候，有一个绝招。提出一个需要解答的问题，屏住呼吸，数到四十九，如果没有发生不寻常的事，那么答案就是：是的。强尼深吸了一口气，问："我可以留下吗？"他躺在自己的土沟里，鼓得像个气球，望向天空，心中默数着。他看见了许多星星，发现树木在月光下是那么好看。夜莺又唱起歌来，一阵

70

轻风拂过，像温柔的手，抚过他的壳。十五，十六。强尼的心中生出暖意。为什么他有时候那么渴望进入蚁丘呢？这里的景色才是最美的啊。二十三，二十四。一切都那么好。他觉得轻松了许多，可能因为他缓慢地呼出了一些气。三十二。夜莺的歌声太美了。强尼马上为自己的打扰再次道歉。打扰到了吗？星星在眨眼睛。为什么强尼以前从来没有仔细看过这些星星呢？星星们眨着眼睛，想要对他说些什么。它们想说什么呢？四十四，四十五。他可以留下。真是松了一口气。强尼想对夜莺说，唱我心里的那首歌吧。夜莺却突然沉默

了。四十七。什么意思？不寻常的事要来了？四十八。强尼听到树上有响动，是拍打翅膀的声音，夜莺飞走了？四十……啪唧！一团温暖的东西落在了强尼的头上，艰难而缓慢地流淌下来。万籁俱寂，鸟儿飞走了。

18

　　并没有太多行李需要收拾。他需要什么呢？土沟嘛，强尼在哪儿都能挖一个。反正到哪儿都是孤独、危险、凄冷的，带不带苔藓枕头差别都不大。

　　不用我多说了，你们都知道夜晚是什么样子。就是在这样的夜晚，强尼缓慢地爬到下面的草地上，不知道要去哪儿，只要离开蚁丘，哪里都行。离开他的家人，离开他熟悉的一切，离开布茨，不知何时回来。轰鸣症不会永远治不好，对吧？强尼的心情很沉重，耷拉着脑袋，这样很好，至少湿润的草叶渐渐将夜莺的大便擦干净了。

与其说他在爬，不如说他在挪。悲伤令他的双脚沉重无比。草地的坡度缓缓上升，他的步伐愈加沉重，但他终于到达了那座小小的土坡。我很想说，强尼，不要那样，站好！不要转身，不要往后看！但你知道，首先，没人听得到我的话。其次，在那片雾气笼罩的草地上，在银光闪耀的草叶间，在大约三十三厘米开外的地方，一个小小的蚂蚁身形的影子在爬动，在跳跃，在招手。强尼立刻知道：那是布茨。

19

但是，但是，但是你不能……

"要是你的病真传染，我早就感染上了。"

"但是，荒野！危险！"

"不然你以为我来这儿是干吗的？"布茨拍了拍胸脯。她给自己做了一身铠甲，虽然有些碍事，但似乎能起到什么作用。

"杨树皮做的。超级灵活，还有超强保护力，根本刺不穿。"

她从背包里拉出了一个用橡果壳
头盔做的东西，高高举起。

　　"蜘蛛丝做的，最好中的最好。"

　　她将它在头上挥舞了一番，将套圈甩到一个低垂的
树枝上，拉紧，拽着它跳了半米远。

　　"这可真是……你是怎么做出来的？"

　　"动脑筋。多观察。再加上多年的训练。"

　　"这么说……你一点都不害怕？"

　　"害怕有什么用。我们先找一个舒适的地方过夜。
明天早上，咱们晒着太阳想一个成熟的计划。我已经有
点想法了，强尼小伙子。"

20

你有过那种感觉吗？你从梦中醒来，阳光明媚，小鸟啁啾，青草芬芳，微尘钻进鼻子，有点痒痒。你还没睁开眼睛，笑意就已经挂在了嘴角。然后你突然想起，其实没什么可笑的。你生病了，还离家很远，不知前路在何方。

"早上好呀，我的朋友！我的星形侦察器发现……"她指着远处围着他们一圈放置的小点说，"森林，森林，森林，森林，森林，森林。我们可以自由选择！给……"她将一根长吸管的一端递给强尼，吸管的另一端插在一个杯子里。那个杯子就固定在她的头盔上，"喝蚜虫汁吗？"

强尼喝了一口。

"还是这东西提神，对吧？好，说说计划吧。"布茨紧挨着强尼坐下。

"我是这样想的：我们目前已经在跳板上了，是时候助跑，起跳了！"

"是吗？"

"当然！好好看看你自己，你太有潜力了！"

强尼看了看自己，什么潜力也没看出来。

"轰鸣不轰鸣的，管他呢。还是做咱们自己的事吧。找个最好的地方，挖上一道豪沟，整天优哉游哉。没有讨厌的波西，也没有工地的压力，没有……"

"豪沟是什么？"

"嗯？哦，就是豪华土沟。七层苔藓保温层，内设多个休息区。躺椅头部高度可调节，量身定制，柳条编织。我们用黑莓刺条造一道篱笆，用荨麻叶做屋顶，凤仙花就是自动射击装置。然后我们就整天看着草长莺飞。多么美好！"布茨激动地吮吸着连接头盔的第二根吸管。

"等我病好了，咱们就回去。"

荨麻　　橡树叶

苔藓　　草

黑莓刺　　马栗

"嗯？你想知道我怎么想吗？不回去！"

"不回去？"

"不回去。"

强尼突然感到口渴，又通过布茨的饮用设备喝了一口蚜虫汁。

"可……可家里有用得着我们的地方！"

"有吗？比如什么地方？在工地被赶出去吗？去碍事吗？被波西们耍得团团转吗？"

"但那毕竟是我们的家，我们的家人，大家都在等着我们呢！"

"是吗？等着让我们睡到门口去吗？等一个比所有家庭成员都高都胖的家伙？"

"那……孩子们呢？她们喜欢跟我们玩。"

"哦，是呀，孩子们一定期待着再次体验恐惧。她们一定超级想念那种感觉。"

"可是……可是……"

"强尼，面对现实吧。那里没人想念我们。你有我，我有你，仅此而已。哇，居然押上韵了。反正就是这样。其实咱们早该走了。"

"但是，我不懂。你不是害怕荒野，害怕得病，懒得从咱们的土沟走到工地吗？但你还是来这儿了。前一天你说要跟蚁后结婚，第二天又永远都不想回去了！怎么能……"

"跟蚁后结婚？"

"你自己说的！你要给她看你的'躺椅2000'，你会出名……"

"哦，你说那个啊。那只是……因为……"

"为什么？"

布茨突然间就不像是在通往幸福的跳板上了。

"我以为那样能安全些。"

"什么？"

"更安全些。我以为。也许在蚁丘内部就不会发生什么事，我以为。"

"什么意思，会发生什么事？"

布茨叹了口气，很深的一口气，让强尼觉得自己好像从来没听过蚂蚁叹气一样。

21

"强尼，你听我说。你还记得，我是怎么来到三号蚁丘的吗？"

"你是困难问题解决专家，一来就被聘为顾问了。"

"唔，差不多吧。只是有点不一样。嗯，你听说过大暴雨吧？"

"当然。那时候天空阴沉得可怕，像要把太阳、月亮和星星都吞没了。大雨一连下了几天，林地变成了水乡泽国，一朵蘑菇都不剩。等雨终于停了，洪水退去之后，地上再也找不到一根松针、一颗种子了。姐妹们越来越瘦，几乎要饿死了。"

"没错。十二号蚁丘比森林中所有的蚁丘都要高。那次大雨过后，它依然那样美丽地矗立在山坡上，俯瞰着下面的洼地。当时我还小，还不懂事。虽然已经有了肌肉，却对生活没有计划。我身边还有姐妹。我们就像同一个身体的不同组成部分，缺了谁都不行，会像失去了触须一样可怕。我们共有一个心脏，它为我们大家跳动。

那天，大家正在齐心协力修补通道，仿佛没有什么能阻碍我们。那时候大家以为，我们的山丘，我们的生活，会永远这样延续下去。用那句老话就叫：'人人为我，我为人人。'我们一边干活，一边唱着劳动号子。就算下了点小雨，我们也没有停下，而是继续劳动。风雨变大的时候，我们就更大声地唱歌。后来雨越下越大，就像站在瀑布下面一样。接着，丘顶塌陷了。

蚁丘的第一批通道塌了，孩子们哀号着，所有蚂蚁紧贴着墙壁，这时候大家还团结在一起，没有丧失理智，没有独自跑掉或者爬到更高的树上。不能那样。大家应该待在一处，好让那颗心脏继续跳动，没准儿家族的大脑能想出解救大家的法子，不然只会更糟糕。

大雨下啊下啊，山坡变成了河道，蚁丘脚下早已经历了多轮冲击，大片大片地被雨水冲走。第一批姐妹落入水中，大家都陷入了恐慌。这时候谁都不会坐在树上袖手旁观，对吗？没有蚂蚁会做这样的事情……"

强尼抬起前腿，布茨爬了过去。她沉默了一会儿。

"我醒来的时候，一切都过去了。光秃秃的树干上只剩下一块树皮，我就刚好卡在那下面。阳光穿透云层直射出来，仿佛从未被云层吞没一样。十二号蚁丘被夷为平地。没了。

"我们没有留下任何痕迹，就像从来没有存在过一样。"

"所以你无法忍受工地。"

"只要一想起工地，我就肚子疼。"

强尼凑近了些，布茨蜷缩起身子。

他是她的洞穴。

84

22

你有过那种感觉吗？你从梦中醒来，阳光明媚，小鸟啁啾，一切都很陌生，但万事都可以接受。你的腿感觉到了万千步伐，眼睛感受到纷纷的情绪，舌尖留着昨天吃过的陌生树叶的味道。你一睁眼睛，就看到你和朋友布置的舒适的住处。你们还要继续前行，所以这里只是暂住之所，但尽管如此，这里还是非常舒服。因为舒适让腿脚温暖，在历险中需要这样温暖的腿脚，布茨说。哦，布茨。强尼很高兴布茨在身边陪着他，很高兴她总是知道该做什么，在夜里温暖着他。她还睡着，胸前有难以察觉的起伏。

然后：轰隆隆——轰隆隆——轰隆隆——强尼的嗓子发紧，扑向布茨。

"快醒醒！"

布茨全身颤抖。强尼紧紧抱着她，但没有用，震动越来越强烈。真的发生了。她也感染上了轰鸣症。

"轰隆隆——轰隆隆——"

她发出的声音不太一样。当然了，她的身量比强尼小得多。

"布茨，布茨，快醒醒！……"

找早\～上\～好！

布茨忍不住大笑，轰鸣声也消失了。强尼这才发现，刚才自己一直憋着一口气，没敢呼吸。

"好了，不要一副这样的表情。早上开开玩笑对身体好！"

"哈。哈。哈。抱紧我，我受不了了。"

"你知道吗？其实我觉得，你的轰鸣症说不定已经痊愈了。你现在看起来好极了，上一次犯病是什么时候来着？"

"唔。你倒是很了解嘛。"

布茨不了解的是，强尼的背部一直在发抖。他没有说，只是不想让她担心。

"哈哈，我感觉好极了！身体像蒲公英的茸毛一样轻盈，像沐浴着露珠的蜗牛一样清新！今天咱们做什么，我的朋友？"

23

接下来，他们做的事情是继续往前走。走向森林的深处，继续享受冒险，继续在蚁丘的外面谈天说地。

在不知名的树下，停放着"躺椅2000"（至少对布茨来说是这样，强尼则什么也没看见），望着云发呆，不再做苦力，捉捉小蚜虫，吸溜小蚜虫，向前爬，继续爬，不停地爬。晚上，他们遇到特别喜欢的地方，就扎营住下。有时候在一朵特别美的蘑菇下面；有时候在巨大的榉树树根下面；有时候在被河水冲刷得圆润光滑的鹅卵石中间。他们总是在寻找可以安居的完美地点。

　　好了，现在，我想说点别的，毕竟森林里的故事太多了。从目前的状况来看，一切都挺不错的，对吧。强尼很享受与他最好的朋友同行，在外面，虽然他的甲壳下有或轻微或强烈的轰鸣，但并不会对任何人构成危险。尽管如此，他也知道，自己必须对布茨坦承。他要回去。也许不是今天，不是明天，但总是要回去的。等他

的病好了就回去。家就是家，是任何东西都不能取代的。
这一点他必须告诉她。但不是现在。现在夜已经深了。

　　现在，他们在林间空地的边缘安顿下来。在树木的
掩护下，可以眺望那片草坪。夕阳中，浅草和厚实的苔
藓闪耀着金绿色的光。明天清晨，草茎上会凝出大颗的
露珠，就像熟透了的果实一样。一想到这儿，强尼已经

开始期待了。

"给！如果你要到林间空地去，就把这个背上。"

"啊？这也太夸张了。根本没什么危险。"

布茨扔给强尼一个特制的工具，是用去年秋天的半个烂掉的马粟壳做的防护铠甲。上面的刺已经变成了棕色，钝钝的，但猛地看去还是有些唬人。这是布茨趁强尼挖土沟的时候给他做的。

"穿上！"

"可我根本不想往林间空地那里去，我想睡觉。"

"快穿上，试试！"

强尼叹了口气，费劲地爬到马粟壳下面，用两条前腿将那顶过大的头盔戴上，把腿伸进一个又一个带刺的护腿中。布茨全神贯注地围着这位烦躁的朋友爬了三圈，说："你这个天选的蚂蚁是我的朋友。既然是朋友，我就要照顾你，保护你！你知道，对蚂蚁来说，林间空地就是警戒区。

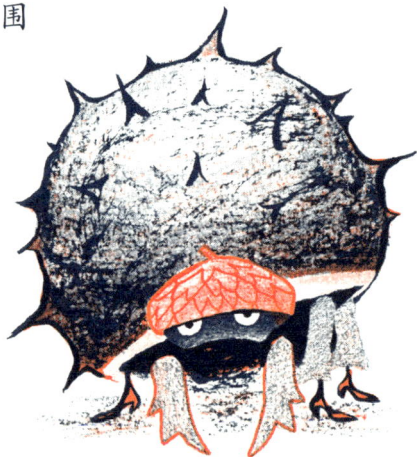

在没有保护的情况下靠近那里，无异于引火烧身。"

"唔。我现在动弹不得，肯定没问题，是吗？"

"都是小问题，我的朋友，小问题。我睡了。晚安。"

强尼还没把这身带刺的铠甲脱下来，土沟中已经传来轻微的呼噜声了。他心里骂了一句，布茨明明可以帮忙的，但当她的生物钟跳到睡眠模式，那简直就像身体内部发出了不可违抗的命令一样。有时候，强尼甚至嫉妒她这一点，不过至少他有哇府。布茨的生物钟只有：咔嗒——睡着，嘀嗒——醒来，咔嗒——睡着，嘀嗒——醒来。强尼则是：醒来——哇府——睡着。

他躺在土沟里，看着金色的亮点在林间空地上渐渐消失，感觉身休沉重，准备进入哇府。他肚皮下面的土地和他的身体是同样的温度，呼吸变得越来越慢，接着，他觉得大地好像在与他一起呼吸，随他一起摇摆。或者说他与大地一起摇摆。仿佛大地就是他腹部的延续。强尼感到自己又大又满，像一个由腐殖质组成的月亮。

他无意识地动了动前腿，像在一个充满黑棕色泥土的游泳池中蛙泳一样。奇怪，在蚁丘的时候，他总觉得自己像是有六条左腿，做什么都很别扭。但挖洞他却很在行，只是以前从没有机会挖洞。

他的前腿习惯性地将大小土块推向两边，面前出现了一条小小的土沟。

他将头深深埋进那道土沟中。如果此时他没有进入哇府，那么他应该会纳闷自己在做什么。但在哇府中遇上再疯狂的事也会觉得很正常。在哇府，做什么，为什么做，都是理所应当的。

泥土像波浪一样拍打在强尼的屁股上，但他并没有停下来，还在继续挖。他越钻越深，腿像是不受控制似的，自顾自地挖呀挖。他什么也不问，一心干活，丝毫不觉得有什么不对，呼吸深长均匀，将泥土从下面推到上方。泥土的味道可真好闻。可他为什么在这里闻泥土呢？在泥土中，他闻到了二百五十种不同的味道，闻到了树根和蚯蚓粪便的味道。他想到更深的地方去，永远被这种泥沙、石头和腐烂树叶的混合物包围着。他孑然一身，但他挖土不是为了自己，这一点他很明白。他自己也无法理解他在为谁而挖，但他知道，一定有某个对象，或者有某个对象存在的可能性。那个对象朦胧，很远，又很近，娇小而脆弱。也许不是一个，而是很多个？他们需要他——强尼，这一点他很确定，他们也需要他到更深处去，需要他在地底下挖出通道让他们感到安全。这些通道黑暗、潮湿、温暖得恰到好处。所以他不能停。挖掘，建造。通道、仓室、走廊、死胡同、交叉口、很多房间。这是由爱和泥土构成的一张大网。

24

　　强尼醒来的时候，并不知道自己是从何处醒来。从睡梦中，抑或是从哇府中？四下很黑，充满着沙土味。这种气味从四面八方涌向他，那样强烈，仿佛这是他平生第一次闻到这个味道。强尼探着周围的墙壁。他不觉得冷，但身体内部传来一阵微弱的震颤，就像在没有月亮的晚上，光着脚从一棵树探到另一棵树，很可能下一脚就踩到一只刺猬。他打了个冷战，不是因为冷，而是因为害怕。强尼不知道自己在哪儿，但能感觉到身上泥土的分量，数公斤的黑色。他现在身处的地方，是绝对找不到蚂蚁的。他所了解的蚂蚁，是向着天空的方向建巢的，而不是向着地下。但是他，强尼——这个世界上最胖、最瞎、最虚弱的蚂蚁却做了正相反的事。他在地下建造的这些通道，像是把地上的蚁丘调了个过儿，形成一种镜像。这一切完全是他自己创造的。他还能从腿上感受到挖土的感觉。他真的哪里不对劲。也许哪里都不对劲。

强尼小心地爬出了醒来的这个小房间，爬进了与之相连的那个通道。他摸索着向前，但越爬越觉得困惑。一个通道又一个通道，左拐，斜向右下，往上爬一段，然后再拐个弯朝向地心。一切看上去似曾相识，这不就是之前他出发的地方吗？

强尼想起了二号蚁丘的姐妹们，他的家人，波西们，恐惧中混入了另一种感受。这种感受将他压倒在地，令他无法呼吸。强尼知道，那是羞耻。强尼甚至只有在哇府才感到不羞耻。其实，自从他会思考以来，就有一层羞耻的薄纱笼罩着他。但此刻这个黑暗而沉重的毯子是怎么回事呢？让他无法动弹，既无法平静地待在一个地方，又无法离开那个地方。布茨，当然了，她是他的朋友嘛，从没抛下过他。不管他做什么，是什么样

95

子，布茨都觉得很正常。但他如何才能再看看蓝天，观察一朵蘑菇如何生长。如何能忍受周围缤纷的春花全都明白自身的来处和存在的意义。他该如何忍受这座森林里的每一个微小的生命都知道自己是谁，该做什么，而他是唯一的重大缺陷，就像一个会爬的对眼，就像一双畸形的脚。

读者们，我必须得走了，但我告诉你们目前的情况，情况并不好。黑暗。强尼身体内部和身体周围都很黑暗，以至于他一开始都没有发现接下来发生的事情。其实他听见了歌声，那歌声滚落在他身上，就像雨点落在三号蚁丘上。

那场景真的很难描述。我说的歌声，一方面指的是夜莺那样的歌唱，因为那声音在强尼的通道中点亮了这个夜晚，就像夜莺的歌声点亮了森林的那个夜晚。只是，首先，这声音非常小，其次，那音色没有那么漂亮——如果你问夜莺的意见的话。但既然我在这儿，又无所不知，我宁愿说：是的，跟任何一种鸟鸣都不一样，很像一种极轻微的带隔音罩的电锯声和微风轻吹草叶发出的声音的混合体。强尼喜欢这声音，立即地，强烈地喜欢上了。他甚至觉得这是自己想象出来的。

现在他不仅是一只患有轰鸣症的蚂蚁，好像这还不够糟糕似的；现在他彻底疯了，挖些没用的地道，听见一些幻想出来的、美妙的声音。那声音，就像是向他抛来的救命绳索，缠绕着他，将他拉起，沿着通道，向右，再向右，轻轻提到一个交叉路口，接着陡然向上。他全无抵抗，任由他的救援绳和那逐渐清晰的歌声牵引着，步伐越来越轻盈。

　　强尼的脑袋终于从土里钻出来了。看见布茨正在月光下打呼噜，距离她的生物钟敲响还早着呢。天空像往常一样完美。黑色的穹顶上，繁星闪烁。电锯般的歌唱声还在，它在呼唤强尼，虽然它根本不知道强尼的名字。强尼以爬行作为回答。他离开了山毛榉的树荫，走上那片空地。月光亮得几乎刺眼，但你又希望它更亮

些。强尼的腿停止了挖掘，他的昆虫大脑中冒出了些沉重的想法，被什么东西牵引着，并突然看到了牵引他的是什么。

你想听长的版本还是短的版本？长的版本很长很长。因为我得把强尼脑子里和身体中发生的事情都告诉你，还得同时展开。呃，还是算了吧。你见过烟花吗？

我们的强尼小朋友此刻正在把你这辈子看过的所有烟花集中在一次看完，就在他脑海中看。这是好事吗？是的。至于看见了什么，他也不知道，因为他还从没见过这样的景象。就算知道，此刻他也说不出话来，他连呼吸都困难。不过没关系，你还有我呢，我说给你听。他看见的，是一只甲虫。一只母甲虫。一只跳舞的母甲

虫。一只黑色甲壳在月光下闪闪发光的跳舞的母甲虫。有人说，黑色不是色彩。可我觉得，黑色中包含着一切色彩。组成那黑色甲壳的万千色彩被这个夜晚一一折射了出来，呈现出色彩斑斓的黑。另外，你没有看错，她在跳舞，在一颗自制的球上。那颗球是她自身的三倍大。她用腿将那颗球滚来滚去，绕着圈子，滚向强尼，又退了回来。她的每一个动作在强尼看来都似曾相识，在他被困地下的时候就想过，好像已经过去太久，简直

是上辈子的事情了。那只母甲虫，那个球，她的一举一动，草地、星星、歌声，甚至他自己，此时此刻，一切都那么完美。好吧，也许称不上完美，但是十分合适。

你有没有试过把自己最喜欢的歌曲大声播放出来，闭上眼睛，随之舞蹈？试试吧，在没人的时候。试着轻轻点头，挥舞手臂，晃动双腿，从内部感受你的身体。感受你的双足渐渐踮起，最后只有脚趾点地，支撑全身。当你的头向后仰，鼻子伸向空中的时候，千万不

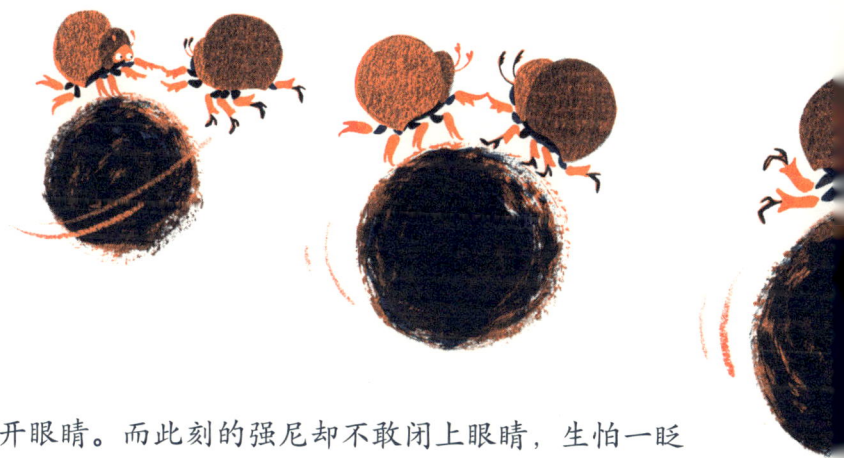

要睁开眼睛。而此刻的强尼却不敢闭上眼睛，生怕一眨眼，那只母甲虫就消失了。但除此之外，他跟你闭着眼睛，伴着最喜欢的歌曲跳舞的心情是一样的。是的，不管你信不信，强尼开始跳起舞来。他完全听任自己的腿

脚带动，向前，向后，脚跟，脚尖，随便，怎么都可以。而且他真的会跳舞！就这么跳！母甲虫爬了下来，往球上踢了一脚，让它正好滚到强尼面前停下。强尼爬了上去。母甲虫爬上了第二颗仿佛一直在等待加入的球，他俩跳起了双人舞。没错，在不知什么时候用蒸腾在草地上的鹿粪做的球上跳舞。他们以小圆甲虫少见的优雅在月光下舞蹈着。

26

天边晨曦微露的时候，他们共同吟唱的爱情歌曲才结束。两只甲虫从粪球上爬下来，依然处在相同的节奏中，相互依偎着躺在草地上。母甲虫将自己的前腿舔干净。强尼略微犹豫，也学着她的样子舔自己的前腿。粪便的味道在他的口腔中弥漫开来，这是他的舌尖品尝过的最美味的东西。这味道让强尼想起在这个故事开头，他掉进的那摊灰色的粪便，只不过比那个味道还要好得多。

我现在是不是可以走了？他俩好像挺合得来，对吧？一切都好起来了吗？

"你叫什么名字？"强尼小声说。

"你为什么那么小声？"

"不知道。"

强尼无法不小声说话。

"我叫玛吉。你呢？"

"强尼。蚂蚁强尼。"

玛吉笑了。但不是波西们笑话强尼的那种笑，而是更像布茨的笑。

"这些年你都在哪儿呢？"玛吉问。

"哦，我住在三号蚁丘。"这时候强尼忘了压低声音，突然又想起轰鸣症的事。有那么一会儿甜蜜的时间，他真的忘了这回事，但现在突然想起来了，他吓得蹦了起来。

"我，哦不，对不起，我，我不该，我……"

"你怎么了？"

"我有轰鸣症！呃，我病了，对不起。希望我没有传染给你。我这就走……"

"轰鸣症？从没听说过。"

"嗐，就是，正如这个病的名字所说，我体内会发出轰鸣，就在我的背部。真的很严重。"

"你是说，在你起飞之前？这很正常，我们都有。咱们都不是这方面的天才。"

"什么——起飞？"

"就是在你飞起来之前。"

"什么起来？不不不，蚂蚁可不会飞。"

"蚂蚁是不会飞，但……你是说，你还从没……你多大了？"

要是甲虫能耸肩的话，强尼这会儿一定正在做这个动作。

"不知道。"

106

玛吉盯着强尼看了一会儿，然后说："你舞跳得很好。"

"你跳得才好呢。"

"你的甲壳能发出色彩斑斓的光。"

"你的甲壳才色彩斑斓呢。"

"你听见了我的歌声。"

"我确实听见了你的歌声。"

"你自己挖了个窝。"

"窝？你是说？"

"给谁？"

"给谁？我也不知道。给谁？"

"给我们俩。"

强尼太激动、太疑惑了。玛吉知道一些他不知道的事，他想永远留在这里，听玛吉把甲虫世界的一切解释给他听。

"只是，"强尼难过地说，"我们蚂蚁不生活在地下。你可以住在窝里，当然了，因为你是甲虫嘛。但我不能。我得住在蚁丘里。"

"可你对蚁丘来说难道不会太大吗？"

"好吧，我确实挺胖的。"

"你跟我一样。"

"那可不一样，你多漂亮啊！"

"谢谢。你到底是怎么分清蚂蚁的？我看她们都是一个样。你跟蚂蚁住在一起，应该挺难的吧？"

"我看她们也差不多，但……"

"而且蚂蚁扛起东西来简直力大无穷，是吧？"

"是的。"

玛吉意味深长地看着他。

"是的，我就没什么力气，怎么了？"

"我这么问，是因为……你听过鸟和鱼的故事吗？"

"什么故事？"

"一只鸟飞到鱼身边，说：'喂，你的翅膀怎么那么奇怪？你怎么飞呀？'"

玛吉笑了。强尼思考着。

"好吧，再给你讲一个。一只蜘蛛对蜜蜂说：'喂，你织的是什么奇怪的网？这样怎么能捕到苍蝇呢？'"

玛吉笑着问："懂了吗？"

看得出来，强尼还是没懂。

"好，你再听。一只蝴蝶对黄瓜说：'你没有口器，怎么才能吸到花蜜呢？'"

"黄瓜？"

"天哪，强尼。你就没有想过，你的短处也许是你的长处，只是用错了地方？"

强尼仿佛突然看到了闪电。不是发出亮光的那种闪电，正好相反，是眼前突然一黑的那种闪电。玛吉跳起来，向树丛爬去，口中喊道：

快跑，甲虫强尼！

27

但强尼无法动弹。他待在原地，脑中还想着黄瓜、蜜蜂和鸟。鸟？鸟！他望向天空，寻找着那道黑色的闪电，突然感到远处有动静。他赶忙看向土沟的方向，看到一阵轻风穿草而过。不！那不是轻风，是龙卷风！草叶纷纷颤抖、弯折、躺平，就像一群犀牛踏过原始森林。嗯，一群非常非常小的犀牛穿过一座迷你原始森林，反正你们知道我的意思。那个向强尼方向连滚带爬而来的身影是布茨吗？强尼迎了上去，正要对她招手，呼喊，警告，却突然看见了那道黑色的闪电。一个黑影压下来，长了翅膀和喙的黑影。原来是一只蓝山雀，箭一般地俯冲向草地，直直扑向布茨走过的地方，爪子轻轻一点，便重新飞上了天。强尼屏住了呼吸，一时间没有任何动静。没有一丝风，没有甲虫，什么也没有。看那儿！草叶又摇晃了起来，布茨还在爬，就在前面的什么地方，那只鸟还没有得手！眼看强尼马上就能到布茨身边了！那道黑影在他们头顶上盘旋，强尼想，要是能把布茨变隐形就好了。

那只蓝山雀在距离地面大约一米的地方伸出爪子，

强尼感到大地在震颤。蓝山雀用她箭头般锐利的鸟喙在地上边找边刨，泥土四溅，被刨断的草叶像庆祝会上的碎纸一样在空中飞舞，地面上出现了数不清的小坑。如此下去，布茨迟早会被这样凌厉的鸟喙凿穿，然后嚼也不嚼地囫囵吞下。

"我在这儿！"强尼喊道，"往这儿来！我在这儿！"

强尼上蹿下跳地招呼着。很显然，假如那只鸟发现，有一个更肥美的三明治在草丛里爬，那她可能真的会将那只瘦小的蚂蚁忘在一边。布茨究竟为什么花了那么长时间才来到强尼身边呢？她平时行动并不慢呀。

"强尼，你的盔……！"强尼面前的长草间探出了一个戴头盔的脑袋。

咻

"布茨，快起开！藏起来！"

"你忘了戴盔……"

就在这时，所有的事情同时发生了：强尼明白了，布茨比她实际的样子更大，更显眼，看上去更可口，因为她拖着强尼的盔甲；盔甲直接掉在了强尼脚下；蓝山雀叼起了布茨；布茨被夹在坚硬如石的鸟喙中，被头号天敌带走了。蓝山雀在空中优雅地伸展双翅，目光锁定在远处，强尼在地上眼睁睁地看着他最好的朋友命悬一线。

28

强尼的脑子转不动了，轰鸣倒是开始了。这自然是谁也没想到的。布茨的细腿在空中无助地挣扎，她的小命在蓝山雀的喙间被钳得死死的。要是那只鸟一开始就把她吞下去了，那她这会儿已经在去往消化道的路上了。强尼呢？他通体轰鸣，背部颤抖，震动得比之前哪一次都厉害，连他身边的草叶都开始摇晃。他的全身鼓胀了起来……然后，他的身体居然打开了。强尼的整个背部直接翻开来，露出了一直藏在甲壳下的东西：翅膀。翅膀！它们像即将落下的山毛榉树叶一样柔嫩、透明、易碎地扇动着。强尼对这双翅膀完全没有掌控能力。它们将他拉上天空，他又立刻下坠，仿佛天和地都在争夺他。天空赢了，强尼离开了地面。他升入空中，晕头转向，向左，向右，越来越高，就像沿着一架旋转楼梯飞将上去。他在飞，朋友们。虽然动作并不优雅，但他真的在空中穿行着。他会飞！这就像你十五岁时突然发现自己会空翻，不是闲来无事翻着玩两下，而是可以空翻去任何地方。

要不是强尼急着在生死关头救出好朋友，他此刻一定是乒乒乱撞，他也会重新审视与玛吉的相遇，纠结于波西家族的麻烦和自己的一生。朋友们，如果你们曾经纳闷，为什么我给你们讲这个故事，这就是原因。就是这个时刻，爱和友谊将那只最没天赋的蚂蚁的后背打开，赠予他一双翅膀，给他更大的力量，也许还救了他。这件事是如此不可思议，如此美丽，如此盛大，同时又是如此微小。像甲虫那样小，随时会湮没在森林的各种巨大的蜂鸣声、咕噜声、嗡嗡声中。这就是我之所以要给你讲这个故事的原因。

你以为蓝山雀早就飞走了？她当然也看见了那个肥美的三明治飞上了天。这块长了翅膀的肥肉，她的宝宝们一定会很惊喜的。只是这份早餐一直在胡乱地飞，下沉、上升、转圈，让人完全摸不着头脑。

强尼自己也晕了，分不清哪里是草地，哪里是天空、蓝色、黑色和白色的羽毛在他视野里闪动。强尼不知道怎么一扇翅膀，就在空中回旋了起来，世界仿佛玩起了旋转木马，强尼就是那上面转动的陀螺。

　　转着转着，他突然看见一条粉红色的舌头朝他逼近，就像一条肥嘟嘟的肉虫一样躺在鸟喙里。他看见有什么东西掉到了地上，心道"布茨！"，紧接着就听到那张鸟喙啪啪咬合的声音擦身而过，鸟儿身后的风带着陀螺，强尼换了个旋转方向。他的疑虑打消了，他的惊讶、疑问通通让了道。强尼突然知道该怎么做了。

29

他在飞行途中收了翅膀，滚落在地。他顾不得疼，短暂地闭了闭眼，转了转触须，就朝一个方向跑去。果然，前面躺着身受重伤的布茨。

"布茨，布茨，你还能呼吸吗？"

"我……不知道。"

强尼赶忙爬过去，跟她挨得紧紧的。

"别动。"他隔着她的杨树皮盔甲仔细地听了听，"你还有呼吸。"

强尼小伙子，你刚才是不是飞上天了？

"布茨，头盔在哪儿？"

布茨朝一个方向点了点头，强尼便旋风般地爬了过去。羽翼丰满的庞然大物不时挡住太阳，强尼感到头顶一直有危险盘旋不去。他自己则小得多，弱得多，笨拙得多。蓝山雀不仅会一口扯破他这双刚刚被发现的新翅膀，还会把他的身体凿穿，在他来不及叫一声的时候把他生吞活剥了。强尼自知害怕，但从来没感觉如此轻松。你知道为什么吗？因为强尼不感到羞耻了。这可能是他这辈子头一次有这种感觉。那层总是覆在他身上，总是让他束手束脚的纱，不见了。

不过请注意！这顶由布茨千辛万苦，冒死拖来的带刺的头盔，强尼刚一戴上，就打开甲壳，展开翅膀。他知道自己能飞，只是不知道如何用力。难怪他还没有起飞，倒先挤出一个屁来。这也没什么，他们是朋友嘛。麻烦的是，那只蓝山雀也听到了屁声，原本盘旋搜寻的她突然有了目标，直冲强尼而来。集中注意力呀，强尼！

强尼的小粗腿紧紧抓住草叶，用力往下蹬，膨胀，轰鸣，要我说，他正在准备伏击，你看他正探出头来，盯着天空。接下来会怎么样呢？那只鸟发现了他，越来越近，强尼动也不动，只把背上的甲壳弹开，就像猛地松开压紧的弹簧一样。鸟喙中流出了口水，仿佛已经尝到了甲虫的滋味，强尼呢？他瞪着山雀，仿佛要将她催眠一般。强尼，这可行不通。你感到了新生固然好，但切不要高估自己啊！快离开这里！

太迟了。这下完了。强尼跟鸟的距离越来越近。他已经感受到了鸟翅膀的震动，数得清鸟头上有几根羽毛，他直视着那个怪物的眼睛——

叭！

我不相信。朋友们，连我都没看清是怎么回事。只见那只鸟踉踉跄跄，乱扇乱扑，好不容易飞上了天，却在疯狂地眨眼睛。强尼呢？他仍在草地里。头盔掉在一边。要是我没有搞错的话，马栗壳做的带刺头盔上还沾着一点点山雀血。

30

"你得去看医生姐妹。马上去，起得来吗？"

布茨能起来。

"我的英雄。"布茨虚弱地说，她自己连同那扭结的触须都靠向好朋友的肩膀。强尼鼓足了气，轻轻一用力，咔——后背便打开了。翅膀展开，强尼飞了起来，晃晃荡荡地，像一艘三桅船行驶在海上。他从空中俯瞰草地，这一坨那一坨地躺着粪便，还看见了玛吉。她正在草地边缘蜷缩着身体，仰头望着他。强尼想大声说："我必须要去！"玛吉一定会回答："我知道。"然后他会说："我还会回来的！"她会说："希望如此。"

可是，正当他想开口说话的时候，他这架震动的急救直升机突然下降，他的腿都扫到草叶上了，几乎要直接撞地，幸好他集中全身的力气，才让自己和布茨升高了些。

更高了些。继续走上回家的路。他必须回家。这就是他，一只对家庭有着无限向往的虫子，知道自己属于何处的虫子。但他同时也打开了窗帘，望向窗外。几乎被另一种生活的可能性所征服。这种生活比他想象中的生活还要温暖得多，柔软得多，精彩得多。他总是思乡，现在突然明白了，自己思的是哪个家乡。

朋友们，如果我特别确定一件事，那就是你无法对感情无动于衷。感情就像水，它们总能找到自己的道路，能穿过最细小的裂缝。你补上一个裂缝，它就从另一个裂缝流出来。情感是最具侵略性的。强尼从玛吉那里得到的新情感像整整一个海洋般深广。他未来何去何从？我们尚不知道。也许有一天会知道。但现在，他要挽救一条性命，唯一的好友的性命。

强尼和布茨像一个带警报的直升机一样，在离地半

米的高度向蚁丘飞去。这段航程有时候很顺利，强尼能飞得笔直，但大多数时候，嗐。想一想，你第一次靠着两只圆滚滚的小脚丫站起来的时候，是什么感觉。谁也不能稳如泰山，对不对？

"强尼！"布茨大喊。她如此咆哮，并不仅因为飞行途中噪声巨大，而是因为——

"我们在飞啊！"

"布茨，我现在不能，我……"

"超级强尼和神奇布茨！我们是不可战胜的！"

"我真的得……"

"咱们可以做急救运输员，三号蚁丘的'嘀嘟嘀嘟'！强尼和布茨，救死扶伤小分队！"

"布茨……"

强尼奋力地让地平线保持在视野之内。

"蚂蚁强尼。世界上最大的蚂蚁长了翅膀！不可思议。"布茨转了个身，仰面朝上，像一张吊床一样挂在强尼脖子上，对着云朵发呆。

蚂蚁。是的。强尼生来就是蚂蚁，不是吗？

"怎么了？"

"你知道黄瓜和鱼的故事吗？"

"黄瓜？"

"呃，不对，等等。好像是鱼和蜜蜂。"

"不知道，你讲讲？"

"鱼对蜜蜂说：'你怎么织了这么奇怪的网？'不对。这故事怎么说的来着？"

"强尼，论飞行，你是一把好手，但讲笑话还要再练练。"

"这不是笑话！这是真的！"

"织网的蜜蜂？"

"不……呃，算了吧。"

强尼很想解释清楚，但现在他的脑袋乱成了糨糊。

他在飞行!

他没有得传染病。

玛吉!

他挖了一个窝。但布茨认定强尼是一只蚂蚁。

他战胜了一只巨大的鸟。

他不是非得仰卧而眠。

他会跳一种隐秘的舞蹈。

姐妹们!

他的家人是他的家人——但,假如不是呢?

从口器到蛛网。对!就是这样!

还有那种黑色。玛吉。我要回来!

但得先给布茨治病。布茨。他不能将她独自留在三号蚁丘。

嘀嘟嘀嘟——

长处用错了地方。

粪球的味道。哦,那味道。

问题。跳板。幸福。

你是我的朋友,我要照顾好你。

他飞着,该死!

玛吉!

31

正如前面所说，我真的得走了。兔子宝宝正要第一次离开榉树根下的兔子洞。这几乎是森林中最甜蜜的时刻了。再说，我是它们的守护者。此刻，三号蚁丘的姐妹们听见了轰鸣声。她们小小的身躯感觉到了，触须的顶端感受到了震动，停止了一切行动。工地上干活的，刚孵出来的，还有照顾小宝宝的，所有姐妹同时停下了。不管她们刚才在扛什么东西，在做什么事，现在全都撇下不管了，扭头望向天空，从蚁丘爬出来。朝阳有些刺眼，目前还看不出这闹哄哄的声音从哪儿来，但它正在赶来，就在逆光的地方。

你见过直升机降落吗？强尼和布茨就像直升机一样，一阵风似的飞向蚁丘。要是蚂蚁有发型的话，此刻她们的头发一定在迎风飘舞。地上沙粒都快飞起来了，松针在强尼翅膀的扇动下原地旋转，就像发了疯的指南针。

"长官，那是什么？"

"那个？那是，呃，啊……"

"那是……"

接着，大家终于听见最小的那个波西说："那是强尼！"

强尼轰鸣着停在空中，布茨在天上像公主一样对蚂蚁们招手，享受着那风景，那高高在上的感觉，享受被每一个不会飞的蚂蚁仰望、羡慕的感觉。一阵几乎是夏天的风吹了过来，听上去就像杨树们在鼓掌。要不是背上疼得厉害，布茨还想来个鞠躬致意呢。他们是英雄，而且是被低估了的英雄，他们的英雄事迹让全体蚁族屏住了呼吸。她真想永远这样停留在空中，最好永远不要落地。只是，现在得先去找医生姐妹做检查。她刚才可是真的快被鸟吃了。

"我不会降落！"强尼大声说。

"你不会什么？"

"我不知道怎么降落。"

"但是。你就不能飞得越来越少吗？就像起飞一样，只不过反着来。"

听着有道理。起飞是飞得越来越多，降落就应该是飞得越来越少。

强尼就将翅膀震动的速度减慢，频率再减少。接着，强尼和布茨就失去了平衡，在空中翻滚，就像从一级台阶上滚下来一样，稍作停留，马上又滚到下一级台阶上。强尼不知道，这可不是正确的降落方式。假如爬行时不断减速，最终会止步不前。如果在飞行中减慢扇动翅膀的速度，那么最终就会摔下来。

强尼和布茨大概滚了三级台阶，当强尼扇翅的速度低于那个神奇的界限，它的翅膀就无法在空中承载他们俩的重量。他们跌了下来，姐妹们惊声呼叫，纷纷躲了起来。布茨抓紧强尼的脖子。咻——咚！周围变得一片漆黑。感觉软软的，温温的，很舒服。强尼的后腿在空中踢腾，却找不到落脚的地方。这味道闻起来像松树。

这个故事就这样结束了，像它的开头一样。一只小虫的大半个身子陷入了一大堆粪便中。世界又往前转动了一点。蚂蚁其实是甲虫，病人变成了英雄。你从前以为，大部分关于爱、友谊和死亡的故事都是人类的故事，但是后来，你认识了一只屎壳郎和两个粪堆。从此以后，一切都不一样了。

迪塔的致谢：

　　首先要感谢碧娅，你太赞了。

　　最棒的晏。

　　感谢蕾娜提供了那么多靠谱的好建议。

　　尤莉娅的意见千金难换。

　　感谢与萨斯琪亚的那场特别特别特别痛快的讨论，以及之后的很多次讨论。

　　当然还有奋恩，谢谢你。

蒂塔·基普菲尔(Dita Zipfel)，1981年出生，作品包括儿童故事、戏剧剧本、影视剧本，现居德国柏林。2019年出版的《疯子眼中的世界》多次获奖，其中包括德国青少年文学奖、保罗·马尔奖、科兰尼希施泰因青少年文学奖和汉堡文学促进奖。图书艺术基金会也将此书评选为二十五本"德国最美的书"之一。

碧雅·达维斯(Bea Davies)，1990年出生于意大利。2012年起居住在德国柏林，作为自由插画师和漫画师为杂志和出版社图书配图。她曾就读于纽约视觉艺术学院和柏林白湖艺术学院，学习插画和视觉沟通专业。2016年获得"漫画入侵柏林"促进奖和马特·施塔姆奖学金。2018年获得德国人民学习基金会奖学金。2020年发表自传式漫画合集。